Zum Gedenken an all das gewaltsam
vernichtete Leben, und der verlorenen Seelen
in unserem Universum.

PLANET MOON.
DIE MOO'TH ZIVILISATION

AUTOR:
SÜLEYMAN ÇİLOĞLU

SCIENCE FICTION ROMAN

© 2025 Auflage 03, Süleyman Çiloğlu
Verlag: BoD · Books on Demand GmbH, Überseering 33,
22297 Hamburg, bod@bod.de
Druck: Libri Plureos GmbH, Friedensallee 273, 22763 Hamburg

ISBN: 978-3-7597-6676-2

Coverbild-Ausschnitt,
Quelle: Gratis-Download

Inhaltsverzeichnis:

ZITATE:

1* Schicksal, Zufall, Realität, Vergangenheit und Zukunft sind Begriffe die wir Menschen gerne benutzen, uns jedoch nie bewusst waren das es so etwas auf der Erde für die Menschheit niemals existiert hat.*

2* Ein einfacher Gedankenfunke kann die schöpferischste aber auch die zerstörerischste Kraft im Universum sein. Er kann Planeten, Sonnensysteme, sogar das ganze Universum selbst vernichten.*

3* Der Tod ist sehr oft das bessere Leben.*

4* Das einzig uns bekannte was Zeitreisen durchführen kann sind die Gedanken, sie können ständig in die Vergangenheit und in die Zukunft, die wir uns vorstellen können, hin und her wandern.*

5* Aus Wissen entsteht Phantasie und aus Phantasie Wissen. Beide gehen Hand in Hand, sind unzertrennlich und unerschöpflich.*

6* Wer die Gegenwart zerstört, zerstört auch
die Vergangenheit und die Zukunft.*

7* Die einzig wahre Konstante im Universum
ist die Hoffnung.*

8* Jeder Mensch, der anderen Menschen
wissentlich Leid zufügt,
und sich auf Kosten anderer Menschen
bereichert, verschenkt im gleichen Maße
seine Seele dem Teufel, damit das
Gleichgewicht wieder hergestellt ist.
Jedoch nur solange bis von ihm nur noch eine
leere Hülle vorhanden ist, die schließlich in
sich zusammenfällt.*

9* Seitdem der Mensch vor über 3 Millionen
Jahren seinen Verstand erhalten hat,
und begonnen hat seine Mitmenschen zu
ermorden und ihnen Leid zuzufügen,
um sich zu bereichern, genauso oft,
mit jedem Mord und Verbrechen, wurde auch
die Geschichte der Menschheit und der Erde
verändert, und genauso viele Zeitstränge
existieren bereits parallel zu unserem
heutigen, und es kommen täglich Millionen
neue Zeitlinien hinzu.*

10* Ein Mensch ist erst dann Weise, wenn er andere Menschen dazu bringt auch Weise zu sein.*

11* Was bedeutet Menschlichkeit und Güte? Sich so zu verhalten wie ein Mensch, oder sich nicht so zu verhalten wie ein Mensch ?*

12* Die Anti-Spezies Mensch ist der schlimmste aller Parasiten. Er zerstört nicht nur seinen Wirt, die Erde, sondern auch alle seine Artgenossen und Mitbewohner.*

13* Wer exakt Richtlinien und Befehle befolgt, zu demjenigen kann durchaus irgendwann der Teufel aus der Hölle erscheinen.
Wer Richtlinien und Befehle nicht immer befolgt holt selbst womöglich irgendwann den Teufel aus der Hölle.*

14* Schlechte Therapeuten sehen nur das äußere Leid. Gute, hingegen, blicken auch tief in das Seelenpein und den Charakter eines Menschen und lassen sich von anderen nicht beeinflussen.*

15* Neben unseren Genen und unserem Charakter sind es die Augen, die zum großen Teil bestimmen ob aus uns ein guter oder ein böser Mensch wird.*

16* Träume vermitteln uns das reale Leben unseres anderen Ichs auf Parallel-Welten und Dimensionen in unterschiedlichen Parallel-Universen.*

17* Wenn ein geliebter Mensch stirbt, tut sich innerlich eine Leere unermesslichen Ausmaßes auf, und ein unendlich tiefer Abgrund öffnet sich, der sich niemals verschließt, und einem manchmal verschlingt.*

18* Das Glück ist sehr unglücklich, jedoch das Unglück hingegen, ist sehr sehr glücklich verteilt auf dieser Welt.*

19* hinter der Zeit her zu rennen, mit der Zeit zu gehen und der Zeit vorauseilen, ist alles dasselbe.*

20* Der grausamste aller Tode im Universum
ist das hinterher jagen einer Hoffnung die sich
niemals erfüllen wird.*

21* Die Wahrheit und die Gerechtigkeit gab es
schon ewig, und wird es auch ewig geben.
Die Un-Wahrheit und die Un-Gerechtigkeit,
allerdings, ist allein die Erfindung der Spezies
Mensch und wird es solange geben, solange
die Un-Spezies Mensch existiert.*

22* Alle Sterne im Universum kommunizieren
wie Lebewesen miteinander, durch
Gravitations- und elektromagnetische Wellen.
Wer die Sprache der Sterne entschlüsselt,
der entschlüsselt auch die Sprache und das
Geheimnis des Kosmos und des Lebens.*

23* Der Sinn des Lebens bedeutet, zehn Mal
für andere zu leben, anstatt einmal für sich
selbst.*

24* Trostlosigkeit und Hoffnungslosigkeit, gibt
es nur in der Welt der Menschen, sonst
kommt es nirgends in der Natur vor, auch
nirgends im Universum.*

25* Die Ausdehnung unseres Universums
verhält sich zum Ausmaß des größten Sternes
im Kosmos, genauso, wie die Größe dieses
Sterns zu einem Atom.*

26* Die Sterne senden, aus Ihren Herzen
heraus, unentwegt Weisheit, Demut,
Zufriedenheit, Geduld, Güte und Gerechtigkeit
ins All hinein, und auch zu uns, aber wir
Menschen erkennen dies nicht und können es
nicht verinnerlichen.*

27* Die Ideale, die wir in unseren Phantasien
erschaffen, sind in unserer Realität
unerreichbar.*

28* Die Welt, wie wir sie kennen, ist bereits
die wahrhaftige Hölle. Wir alle werden in sie
hineingeboren. Und das was wir aus unserem
Leben machen, zeigt, ob wir weiterhin in der
Hölle bleiben oder uns in Richtung Paradies
bewegen.*

29* Gott hat das Schicksal erschaffen,
und die Menschen erschufen die Hoffnung.*

30* Ein Vogel weiß nichts über Atome,
der Lichtgeschwindigkeit und das Universum.
Genauso gibt es bei uns Menschen eine
Barriere über die wir nicht hinausdenken
können, auch wenn wir all unser Wissen,
Forschung und Phantasie einsetzen,
werden wir es dennoch nicht begreifen.*
31* Das Leben besteht nicht nur aus Atmen,
Trinken, Essen und Denken. Es besteht auch
daraus, sich ständig für andere zu opfern.*

32* Das heiligste, was es im Universum gibt,
ist die Zeit. Ohne sie gäbe es kein Leben und
keine Gebete. Aber sie ist gleichermaßen das
verfluchteste, denn sie bringt auch den Tod
und die Verzweiflung.*

33* In jedem Menschen steckt schon bei der
Geburt ein Dämon. Nur wenige haben ihn
einigermaßen im Griff, die meisten nicht.*

34* So wie ein Schmetterlings-Flügelschlag in
Australien, das Wetter in Amerika beeinflusst,
so beeinflussen auch unsere Gedanken auf
der Erde die Erelgnisse im Universum, die wir
nicht kontrollieren können.

Wie unsichtbare Kugelwolken durchfluten sie
ständig, mit Überlicht-Geschwindigkeit, den
gesamten Kosmos.*

35* Die Erde, und die Lebewesen auf ihr sind
ein Experiment von mächtigen, unsterblichen
Wesen, die uns aus weiter Ferne beobachten.
Sie testen ob sie mit uns, bei Erfolg, den
gesamten Kosmos bevölkern können.
100 Jahre bei uns, sind für diese Wesen wie
eine Sekunde.
Unser Leben ist für sie wie ein aufleuchtendes
Licht, bei der Geburt, das gleich wieder
erlischt, beim Tod. Wenn wir weiterhin uns
gegenseitig weh tun, uns bekriegen und
unseren Planeten zerstören, wird das
Experiment eines Tages für gescheitert
erklärt, und alles vernichtet. *

36* Ehre entspringt unserer Seele, Verstand
aus dem reinen Geist *

37* Die Dreidimensionale Vergangenheit
schiebt die Zweidimensionale Gegenwart
ständig vor sich her und baut sich immer
weiter auf. Eine Zukunft gibt es nicht,
und hat es nie gegeben. *

38* Hinter der Zeit verbirgt sich eine dunkle
Kraft, die noch nicht ergründet ist.
Sie beeinflusst, die Materie, das Leben, das
ganze Universum, gar die gesamte Existenz.*

39* Außerirdische NANO-Parasiten, die sich
als Luftmoleküle tarnen, haben bereits seit
Millionen von Jahren Fauna und Flora, sowie
die gesamte Menschheit, in ihrer Gewalt. *

40* Gerechtigkeit ist nur so viel wert, wie die
Person die es ausspricht. *

41* Das Herz, die Seele und die Gedanken
senden unentwegt Signale ins All.
Sind alle 3 Signale guten Glaubens, werden
sie erhört, sind sie jedoch bösen Glaubens,
gehen sie in der Unendlichkeit verloren. *

42* Universen existieren stets als Zwillinge.
Neben unserem Universum befindet sich ein
Zwillings-Universum, das Zwillingsversum.
Zwischen ihnen findet ein reger
Materieaustausch statt.

Die Verbindungselemente sind die, in sich
geschlossenen, Kosmischen Bänder,
die sogenannten Kosmischen Ringe.
Ihre Form ähnelt etwas die eines Megaphons.
Diese sind weitaus mächtigere Objekte als die
"Schwarzen Löcher".

Es sind gigantische Kosmische Trichter,
die die Materie außen ringförmig "ansaugen"
und durch ein Strudelsystem ins Zwllings-All
befördern und umgekehrt.

Die dunkle Mitte ist kein Loch, sondern fast
unendlich hoch verdichtete Gase und Nebel,
welches jegliches Licht verschluckt.
Ohne diesen Materie- und Energieaustausch
zwischen unserem Schwester-Universum
könnte keine der beiden existieren. *

43* So etwas wie eine "Dunkle Materie" gibt
es nicht, jedoch existiert die "Inverth Materie",
auch "Inverth Element" genannt,
nicht zu verwechseln mit der Antimaterie.
Diese beeinflusst jegliche Bewegung,
Gravitation, Antigravitation sowie alles Leben
und Materie im gesamten Universum.
Die "Inverth Moleküle", bestehend aus, zeitlich
versetzten, rekuperativen Serva-Quanten,
durchfluten das ganze Weltall und sind in uns
und um uns herum allgegenwärtig.

Die Serva-Quanten beschützen und halten
alles Materie, Leben und das ganze
Universum im Gleichgewicht.
Die "Inverth Energie" lässt das Universum
weiter ausdehnen.
Doch mit der heutigen Technologie sind sie
nicht erfassbar. *

44* Wir alle wissen, dass unser Universum
durch einen gigantischen Urknall entstanden
ist. Was wir jedoch lange Zeit nicht wussten
ist, das es 2 Detonationen gab.

Der erste Knall brachte alles Materie auf den
Weg, und erzeugte RAUM und ZEIT.
Kurz danach begann die zweite, weitaus
gewaltigere Explosion. Mit ihr wurde die
gesamte Energie und Strahlung verteilt.

Sie war das Vielfache der ersten und der
eigentliche Urknall, der "Motor der Existenz".

Diese schob die erste Druckwelle vor sich her.
Doch, durch die enorme Wucht, wurde ein Teil
an der ersten Druckwellenfront wieder zurück
reflektiert, ins Zentrum, und sog dabei etwas
Materie mit sich.

Hätte es die zweite Explosion nicht gegeben,
hätte sich unser Universum nicht auf die
heutige unvorstellbare große Dimension
ausdehnen können, und alles Materie,
aus denen unzählige Galaxien entstanden,
wäre auch nicht so weit verstreut wie heute.

Der zweite Knall bewirkte dass sich der
Kosmos weiterhin ausdehnt.
Es war kein Big-Bang, es war ein Bi-Bang.

Viele Phänomene, die wir heute versuchen,
mit der dunklen Materie oder der dunklen
Energie zu erklären, wurden von der zweiten
Explosion verursacht.

Durch die zurückreflektierte Materie
entstanden im großen Umfeld, um das
Zentrum des Weltalls herum, ebenfalls Sterne,
Galaxien, Planeten und Leben bildete sich.

Das alles lässt vermuten, das sich hinter den
zwei Ur-Explosionen eine Intelligenz verbirgt.*

45* Unser Universum "atmet" wie ein
Lebewesen. Es dehnt sich nicht kontinuierlich,
sondern in Schüben aus. Nach einer
Dehnphase kontrahiert es, wobei die
Expansion deutlich stärker ist als die
Kontraktion.*

46* Wem die vier Elemente, "Zufall, Glück,
Wunder und Hilfe", wohlgesonnen sind,
der beherrscht nicht nur die kalte, grausame
Realität, sondern auch das Schicksal und das
Universum.*

47* Viele Menschen besitzen Nichts, und
doch haben sie alles, sie haben ein Leben.
Einige andere verfügen über Alles, und doch
haben sie Nichts, sie haben kein Leben, sie
existieren nur.*

48* Die unendliche Gier des Menschen hat
einen Grad erreicht, bei der das

Unendlichkeits-Symbol, ∞ , längst seine
Bedeutung verloren hat.*

49* Dieser Höllenplanet Erde hat ständig nur teuflische Monster-Kreaturen hervorgebracht. Nach dem Monster Dinosaurier, kam der, noch weitaus grausamere, Monster Mensch. Was nach der Spezies Mensch kommt, wird womöglich den Untergang des Universums verursachen*

50* Jeder kennt die Schwarzen Löcher, die Black Holes, aber niemand hat Kenntnisse über die Saug Löcher, die Vac Holes.
Diese sind fast unsichtbar, viel größer als die Black Holes und schlucken alles was in ihre Reichweite kommt.

Sie senden starke Gravitationswellen aus und stören massiv das Raum-Zeit Gefüge des Universums. Viele Phänomene, die wir heute versuchen, mit der dunklen Materie oder der dunklen Energie zu erklären, werden von den Vac Holes verursacht.

Die Enden aller Vac Holes im Universum sind miteinander verbunden. Dort herrscht Null-Gravitation und die Zeit steht dort still.*

**Blindheit vor dem Leben,
Blindheit vor der Existenz,
Blindheit vor der Zukunft,
durchtränkt mit grenzenloser Habgier,
ist der Untergang jeder Zivilisation.**

VORGESCHICHTE:

Insel Halmahera-Indonesien 2024.

Der Vulkan Ibu schleudert nicht nur
Aschewolken und Gesteinsbrocken,
sondern auch eine beschriftete Metallkugel
aus dem Krater.

Die bronzefarbene Metallkugel landet auf
einem Feld, in der Nähe der westlichen
Inselküste.

Lange Zeit liegt sie dort, unbeachtet und
verschmiert mit Aschepartikel, bis ein kleiner
Junge, Namens Pante, mehr als zwei Jahre
später, die Kugel beim Spielen findet.

Die Kugel hat einen Durchmesser von einem
halben Meter, ist aber sehr leicht.

Freudig über seinen Fund, packt Pante,
die Kugel, mit beiden Händen, und rennt nach
Hause zu seinem Großvater Amre.

Pante:" Großvater, sieh was ich gefunden
habe, es ist mit etwas graviert".

Amre:" Pante, wie siehst du denn wieder aus,
vollkommen verdreckt.

Wenn deine Mutter aus der Stadt
zurückkommt, wird sie mit dir wieder
schimpfen. Los wasch dich".

Pante, sein Großvater und seine Mutter Arya,
leben zu Dritt in ihrer Dorfhütte.

Pantes Vater starb vor Jahren bei einem
Verkehrsunfall.

Großvater Amre spülte, mit dem
Wasserschlauch, die Asche von der
Metallkugel und sah sich die Schriften und die
bildlichen Symbole an, die auf die
Kugeloberfläche eingemeißelt wurden.

Amre:" Pante, wo hast du diese Kugel
gefunden, hast du sie jemandem
weggenommen?"

Pante:" nein Großvater, ich habe sie
niemandem weggenommen, ich hab die Kugel
auf unserem Feld gefunden, dort wo wir nie
anbauen. Da lag Gestrüpp drauf."

Irgendwie kam diese sonderbare
Beschriftung, auf der Kugel, Großvater Amre
bekannt vor.

Vor ein paar Monaten lief ein greiser Mann
durch den Marktplatz im Dorf.

Er hatte metallene Platten in den Armen,
die ähnliche Schriftzeichen aufwiesen,
wie die auf der Kugel.

Und ständig fragte er die Dorfbewohner
etwas.

Aber Amre kümmerte sich damals nicht
darum, um was es ging.

Deshalb beschloss er gleich zum Marktplatz
zu gehen und herumzufragen, was der alte
Mann damals wollte.

Er lief zu seinem Bekannten Yadi, der ein
kleines Lebensmittelgeschäft betrieb.

Amre:" Hallo Yadi, wie geht´s so ?".

Yadi:" es geht, die Geschäfte laufen nicht so
gut, wie geht´s dir ?".

Amre:" nun ja, die Arthritis plagt mich ständig.

Du Yadi, sag doch mal, kannst du dich
erinnern, vor ein paar Monaten, lief hier ein
alter Mann herum und fragte ständig die Leute
etwas, aber was es war, bekam ich nicht mit,
weißt du noch etwas darüber ?".

Yadi:" ja, ich kann mich erinnern, er hat mich
auch angesprochen.

Er fragte, ob ich Gegenstände gesehen hätte,
die die gleiche Schrift hatten wie seine Tafeln.

Ich sagte nein, und dass ich sowas noch nie
gesehen habe.

Für mich kam er vor wie ein alter Spinner,
aber er sprach in einem arabischen Dialekt
und war nicht von hier.

Nach einer Weile verließ er das Dorf und lief
nach Norden. Warum hast du gefragt".

Amre:" ach, ich war nur neugierig, mir ging der
greise Mann nicht aus dem Kopf.
Also mach´s gut".

Yadi:" ja du auch, und pass auf dich auf".

Großvater Amre lief daraufhin zum Postbüro,
und rief von einer Telefonzelle seinen Neffen
Rhinan an.

Rhinan hat einen Doktortitel in Archäologie
und lehrt an der Universität von Jakarta.

Amre:"hallo Rhinan, wie geht´s dir,
was machst du so, hast du Zeit ?".

Rhinan:" hallo Onkel, mir geht´s gut, natürlich
habe ich Zeit.

Ich bin überrascht von dir zu hören, ist was
passiert, wie geht es dir, Arya und Pante ?"

Amre:"das Alter macht sich immer mehr
bemerkbar, aber sonst geht es uns gut.

Rhinan, hör bitte zu, ich möchte dir etwas
sagen.

Pante hat neulich bei uns, im hinteren
Ackerbereich, eine Metallkugel gefunden.

Darauf befinden sich sonderbare Schriften
und Symbole.

Ich glaube nach diesem Artefakt hat sich auch, vor einigen Monaten, ein alter Mann, mit arabischem Dialekt, bei uns im Dorf erkundigt.

Du bist doch in einem Archäologie-Team mit deinen amerikanischen Kollegen.

Könnt ihr nicht mal vorbeikommen und das mal ansehen, um was es sich da handelt".

Rhinan:"ist gut Onkel Amre, ich werde einige anrufen, und sehen wer Zeit hat.

Wir kommen dann in ein paar Tagen vorbei. Grüß Arya und Pante von mir".

Amre:" ja mach ich, und danke".

Nach fünf Tagen ist Rhinan mit drei seinen Kollegen eingetroffen.

Amre ist mit seinem Enkel Pante zur Straße entgegengelaufen, um Rhinan und seine Freunde zu begrüßen.

Amre:"hallo, willkommen alle zusammen".

Pante rennt zu Rhinan:" hallo Onkel Rhinan".

Rhinan:"hallo, du kleiner Stöberer, was hast du wieder gefunden, ich seh schon, du willst in meine Fußstapfen treten.

Onkel, das sind meine Kollegen und Freunde, Matt, Ryan und Sybil.

Wir kennen uns vom Joint-Venture Program mit dem Arch-Institut in New York".

Matt, Ryan und Sybil:" Hallo".

Amre:" herzlich willkommen, ich bin Amre, und das ist Pante, mein Enkel".

Sybil:" hallo Pante, freut mich dich kennenzulernen, ich bin gespannt darauf was du entdeckt hast".

Matt:" ich hol mit Ryan unsere Ausrüstung".

Amre:"kommt erst mal alle ins Haus.
Ihr hattet eine lange Reise vor euch.

Arya hat euch eine Kleinigkeit vorbereitet.
Ruht euch erst mal aus, am Tisch".

Sie laufen in Richtung Hütte.

Arya, Pantes Mutter, hat den Tisch bereits gedeckt und alles vorbereitet:" hallo, herzlich willkommen, ich bin Arya,
hallo Rhinan, wie geht´s dir ?".

Matt, Ryan und Sybil:" Hallo, danke für ihre Gastfreundschaft".

Rhinan:"hallo Arya, lange nicht gesehen.

Ich hab viel um die Ohren, aber mir geht es gut, wie geht´s dir ?".

Arya:" uns geht es allen gut, wir kommen gut zurecht. Kommt setzt euch, esst und trinkt etwas".

Ryan:" vielen Dank, ich könnte schon etwas vertragen".

Sybil zu Matt und Ryan:" ihr könnt euch schon mal hinsetzen, ich schau mir nur kurz die Kugel mit Pante an, und komm dann auch".

Arya:"Vater, setz dich zu Rhinan".

Während die anderen schon angefangen haben zu Essen und zu trinken, laufen Sybil und Pante zur Scheune, wo die Kugel aufbewahrt ist.

Sybil betrachtete die Metallene Kugel von
allen Seiten und war sprachlos.

Sie kniete sich vor der Kugel hin, und
erstarrte.

Pante:" Tante Sybil, was ist los, warum sagst
du nichts ?".

Doch Sybil bekam kein Wort heraus, als ob ihr
Hals eingeschnürt, und ihr Körper wie
paralysiert war.

Panisch rannte Pante zu den anderen:"
kommt alle her, mit Tante Sybil stimmt was
nicht".

Alle standen auf und liefen zur Scheune.

Matt:" Sybil, was hast du, was ist
passiert ?".

Ryan:"Matt, sieh dir mal die Schrift an.
und die Bilder Drumherum.

Als ob mehrere Photographien eingestanzt
wurden, das ist doch nicht möglich".

Rhinan:" was meint ihr, was ist nicht möglich".

Sybil:" es ist eine Art Doppel-Keilschrift.

Nichts auf diesem Planeten ist vergleichbar.
Es muß Außerirdisch sein".

Amre:" ich habe es gewaschen.
Es war bedeckt mit Vulkanasche, als ob der
Vulkan Ibu es herausgespuckt hätte".

Rhinan:"Matt, Ryan lasst uns das Alter
bestimmen und das Material analysieren".

Nach vielen Stunden und etlichen Analysen
und Untersuchungen, liefen Matt, Ryan, Sybil
und Rhinan wieder zurück zum Tisch und
setzten sich hin.

Matt:"so etwas dürfte gar nicht existieren,
das kann doch nicht sein, Sybil hatte Recht".

Amre:" was ist denn los, was habt ihr
herausgefunden ?".

Rhinan:"Onkel Amre, wir haben alle
Untersuchungen fünf Mal hintereinander
durchgeführt.

Das hatten wir bisher noch nie getan, weil wir
es nicht glauben konnten.

Dieses Objekt ist mindestens 4 Milliarden
Jahre alt und besteht aus einem Material das
nicht von dieser Welt ist.

Damals war die Erde noch nicht mal richtig
entwickelt und unwirklich.

Entweder haben Außerirdische es verloren
oder mit Absicht auf der Erde gelassen.

Und der Vulkan hat es schließlich ausgespeit.

Diese eingravierten Fotos um die Kugel
herum zeigen einen Planeten und seinen
Mond.

Der Planet wurde anscheinend, aufgrund
einer Katastrophe zerstört.

Das nächste Bild zeigt, dass die Trümmer des
Planeten, sich auf seinem Mond abgelagert
haben, und der Mond wurde zu einem
Planeten.

Von der ehemaligen Welt blieb nur ein kleiner
Teil übrig, und wurde selbst zum Mond".

Sybil:"das würde heißen, sie haben ihre
Rollen getauscht".

Matt:"so ein Vorgang wurde im Universum
bisher noch nie entdeckt oder dokumentiert".

Ryan:"ist denn so etwas überhaupt möglich,
physikalisch gesehen ?".

Sybil:"anscheinend schon, die Kugel ist der
Beweis. Eine intelligente Zivilisation muss auf
dem Planeten gelebt haben.

Durch irgendein Unglück wurde sie zerstört,
oder sie haben sich selbst vernichtet.

Vielleicht sind einige entkommen, und flogen
durch unser Sonnensystem, auf der Suche
nach einer neuen Heimat".

Ryan:"oder sie haben diese Botschaft mit
einer Rakete gesendet, damit andere sie
finden, und ihre Geschichte nicht verloren
geht".

Rhinan:"Onkel, du sagtest, dass sich ein alter
Mann nach diesem Objekt erkundigt hat.

Wir müssen ihn unbedingt finden, er ist
womöglich der einzige, der Licht in diese
Sache bringen kann.

Weißt du noch wie er aussah und wohin er
gegangen ist ?".

Amre:"er hatte lange Haare, nach hinten
gebunden, ziemlich mager und weit über
Achtzig Jahre alt.

Er trug mehrere dünne metallene Tafeln bei
sich, auf denen dieselbe Schrift eingraviert
war, wie auf der Kugel.

Yadi, der Lebensmittelhändler, sagte, das er
einen arabischen Akzent hatte und nach
Norden lief".

Sybil:" wisst ihr was das bedeutet, könnt ihr
die Tragweite dieses Fundes überhaupt
erahnen.
Es ist womöglich die bedeutendste
Entdeckung des ganzen Sonnensystems.

Und in der Regel wird es nach dem Finder
genannt, die Pante-Kugel".

Pante freute sich natürlich ungemein.

Am anderen Morgen, wobei kaum einer richtig
geschlafen hatte, wollten sich Matt, Ryan,
Sybil und Rhinan auf den Weg machen,
um den mysteriösen Fremden zu suchen.

Sie bedankten sich alle, packten die Kugel
sorgfältig ein und verabschiedeten sich von
Amre, Arya und Pante, mit dem Versprechen
zurückzukommen und alles zu erzählen.

Sie suchten mehrere Tage, aber keine Spur
von dem Fremden.
Dann, im hohen Norden der Insel, trafen Sie
einen Mönch vor einem Tempel.

Als Rhinan ihn über den alten Mann fragte,
sagte der Mönch, dass er hier war und mit
dem Mönch sprach.

Der Mönch erzählte:" der Mann nannte seinen
Namen, er hieß Brat´thek Bharr, und schrieb
seinen Namen sogar auf ein Stück Papier,
das er mir hinterließ.

Er sagte, dass er nicht das gefunden hätte,
nach dessen er jahrelang gesucht hatte.

Dann sagte er, dass er in seine Heimat, am
Fuße des Alvand-Gebirges im Iran, wieder
zurückkehren werde und verabschiedete
sich".

Die vier bedankten sich beim Mönch, und
machten sich auf nach Jakarta, und von dort
aus nach Teheran.

In Teheran organisierten sie sich einen
großen Geländewagen und fuhren in Richtung
Alvand-Gebirge.

Am Fuße des Gebirges erkundigten sie sich in
einem kleinen Dorf nach Brat´thek Bharr.

Der Dorfvorsteher:" uns ist Brat´thek Bharr
bekannt. Wir nennen ihn, Meister Bharr.

Er ist ein falsch orientierter Gelehrter,
und vermutlich verrückt.

Er sucht andauernd irgendwelche Hinweise
von einer verloren gegangenen Zivilisation.

Viele halten ihn für einen alten Träumer,
jedoch seine Vorfahren sollen alle Gelehrte
gewesen sein. Er ist ein Einsiedler.

Ihr findet ihn ungefähr 400 Meter, vom
Gebirgsfuß aus, in Nördlicher Richtung.

Er wohnt seit vielen Jahren in einer Höhle".

Als Matt, Ryan, Sybil und Rhinan vor dem
Höhleneingang standen, rief ihnen eine
Stimme zu:" kommt herein, habt keine Angst,
ich habe euch erwartet".

Sie liefen in die Höhle. An den Wänden sahen
sie Malereien mit der gleichen Schrift.

Die ganzen Höhlenwände, und sogar die
Decke, waren voll davon.

Brat´thek Bharr:" seid willkommen, wer ich bin
wisst ihr ja bereits, habt ihr die Kugel dabei ?".

Rhinan:" woher wissen sie ....".

Brat´thek Bharr:" ich habe euch die
Brotkrumen mit Absicht hinterlassen, damit ihr
zu mir kommt.

Ich hätte Jahrzehnte gebraucht um die Kugel
zu finden.

Doch die Prophezeiung besagt, dass gute
Menschen sie finden, und zu mir bringen
werden".

Sybil:" bitte sehr, hier ist die Kugel.
Sie wurde von einem kleinen Jungen namens
Pante gefunden.
Daher gaben wir ihr den Namen, Pante-Kugel.

Wir konnten die Symbole und diese Art von
Doppel-Keilschrift nicht entziffern.

Sie kommt nirgends auf der Erde vor,
und auch die Elemente, woraus es besteht,
existierten nicht auf dieser Welt.

Außerdem ist sie sehr alt.
Könnten sie uns darüber etwas erzählen ?".

Brat´thek Bharr:" Pante-Kugel, ein schöner
und Würdiger Name.

Bitte setzt euch um das Feuer herum".

Er betrachtete die bronzefarbene Kugel von
allen Seiten.

Brat´thek Bharr:" seit Tausenden von
Generationen hüteten meine Vorfahren das
Geheimnis der ersten Zivilisation in unserem
Sonnensystem.

Ich bin der letzte, in der Bharr Familie.

Seitdem mein erster Vorfahre, nach einem
Vulkanausbruch, die erste Platte fand,
übergab er es seinen Nachkommen.

Und sie suchten auf der ganzen Welt nach
ähnlichen Platten und reichten diese immer
weiter.

Die Platten waren Jahrmillionen verborgen im Erdinneren.

Jedes Mal, wenn ein Vulkanausbruch stattfand, zogen meine Vorfahren dorthin und suchten weitere Hinwiese und Artefakte.

Nach und Nach konnten sie alle 12 Platten ausfindig machen.

Im Laufe der Jahrtausende fand meine Familie schließlich auch die Bedeutung der Symbole und Schriftzeichen heraus.

Und sie waren imstande sie komplett zu entschlüsseln.

Mein Vater übergab mir alles, kurz bevor er starb. Ich war damals 17.

Er sagte mir, dass noch ein Stück der Geschichte fehlen würde, und dass es an mir lege, diese zu finden.

Mein Leben lang habe ich die fremde Sprache studiert, und mit Hilfe der Vorbereitungen meiner Ahnen, schließlich auch diese schreiben und lesen gelernt.

Und Jahrzehnte lang habe ich nach dem
letzten Stück gesucht, nach der Kugel.

Es sind Seiten wie aus einem Buch.
Ich habe alle 12 Platten zusammen, und auf
der 12. Platte steht, dass der 13. und letzte
Bestandteil der Geschichte eine Kugel sein
würde.

Erst wenn alle 13 Artefakte gefunden sind,
hätte ich das Recht und die Erlaubnis die
komplette Geschichte zu erzählen,
und weiterzugeben.

So steht es hier geschrieben.

Ihr seid nun die ersten, die diese Geschichte
hören. Verbreitet sie später auf der ganzen
Welt, in der Hoffnung die Menschheit möge
endlich zur Besinnung kommen.

Es beginnt mit den Worten:

"**W**ir, die Moo´th-Zivilisation, sind in einen fürchterlichen Rausch von Gier, Ehrlosigkeit und Kurzsichtigkeit geraten.

Unsere Welt steht am Abgrund und kurz vor der Vernichtung.

Man nennt mich Meister Konh´fez.

Ich übertrage die Laute und die Augen unserer Geschichte, die Geschichte des Planeten Deyh´mon, auf 12 Tafeln und einer Kugel.

Diese werde ich zu unserem Mond Tha´rh senden.

Die Tafeln und die Kugel bestehen aus fast unzerstörbarem Metall, und werden die kommenden, unwirklichen Zeiten überdauern.

Nach meinen Berechnungen wird unser Mond den größten Teil der Materie unserer Welt, samt eingeschlossenem Wasser, aufnehmen, und sich zu Eigen machen.

Ich weiß nicht ob von unserer Welt noch
etwas übrig bleiben wird, wenn doch, wird
Deyh´mon der Mond für Tha´rh werden.

Und aufgrund des vielen Wasservorkommens,
hoffe ich, das sich auf Tha´rh irgendwann
neues Leben und vielleicht eine neue
Zivilisation erblühen wird.

Mögen sie meine Schriften lesen, damit sie
nicht in die unendliche Dunkelheit geraten,
wie wir.

ZWISCHENGESCHICHTE:

Vor mehr als 6 Milliarden Jahren entstand unser Sonnensystem.

Die Planeten formten sich allmählich, und der drittnächste Planet zur Sonne, in der habitablen Zone, war nicht unsere Erde, sondern unser Mond.

Der Mond war, zu dieser Zeit, fast viermal größer, und die Erde ungefähr um die Hälfte kleiner im Durchmesser.

Die Erde war damals der eigentliche Mond.

Sie hatte eine unwirkliche Oberfläche und bestand fast nur aus flüssiger Lava und ihre Rotationgeschwindigkeit, um die eigene Achse, war höher als heute.

Im Laufe der Jahrmillionen entwickelte sich der Planet, unser heutiger Mond.

Eingeschlossenes Wasser, tief im Inneren, trat hervor und bildete eine Atmosphäre.

Der flüssige, rotierende Kern baute ein
Magnetfeld auf, und schützte die Oberfläche
vor Sonnenwinde.

Das Leben begann sich zu entwickeln.

Einzeller-Organismen veränderten sich zu
Mehrzellern, dann zu Kleinst-Lebewesen und
schließlich zu komplexen Gattungen.

Pflanzen und das Tierreich blühten auf,
bis irgendwann die Humanoide Spezies
diese Welt bevölkerte.

Religionen bildeten sich, Kriege und
fürchterliche Verwüstungen begleiteten die
Jahrtausende lange Geschichte, bis zur
Neuzeit.

Die Bewohner dieses Planeten nannten sich
Moo´th und ihr Planet hieß Deyh´mon.

Ihr Mond, unsere spätere Erde, wurde Tha´rh
bezeichnet.

Es war eine Zeit des Umbruchs.
Die Industrie, der Nationen, verschlang
Unmengen an Energie.

Die Raumfahrt steckte noch in den
Kinderschuhen.

Der nördliche und der südliche Kontinent
wetteiferten nach der besten Energiequelle.

Der mittlere Kontinent war gemäßigter und
vermittelte ständig zwischen den beiden
Großnationen.

HAUPTGESCHICHTE:

Die Geschichte beginnt mit einem sonnigen
Tag, in der Stadt Lhan´than im mittleren
Kontinent.

Es war eine Stadt mit prachtvollen Bauten,
viel Grün, innerhalb und außerhalb der Stadt.

Neben den Vögeln, lebten noch die Arh´ph auf
den Bäumen.
Eine kleine scheue Primatenart mit vier
Augen, zwei vorne und zwei hinten.

Sie hatten Wuschelhaare, ein Fell, zwei
Schwänze und große Segelohren.

Vielleicht waren sie die neugierigste Spezies
im gesamten Weltall.

Sie kamen niemals von den Bäumen herunter.
Was sie taten, war, den ganzen Tag zu
beobachten.

Sie beobachteten alles was auf der Erde
stattfand und alles was in der Luft vor sich
ging, und nebenher aßen sie Obst und
Grünzeug.

Meister Konh´fez, pensionierter Ingenieur und
Gelehrter, streifte durch seinen Garten und
stutzte Blumen und Gewächs.

Er lebte allein und hatte keine Nachkommen.
Seine Frau starb vor 8 Jahren an einer
unheilbaren Krankheit.

Der Postbote fuhr entlang der Straße und
verteilte die Briefe.

Das 12 Jährige Mädchen Elh´heen, vom
Nachbarhaus, rannte zum Postboten und
fragte nach Briefen.

Elh´heen:" Hallo Herr Tha´nh, haben sie
Briefe für uns ?".

Postbote Tha´nh:" hallo Elh´heen, lass mich
mal sehen, ach ja, da habe ich etwas für dich,
und dieser ist für Meister Konh´fez, kannst du
ihm das bitte bringen".

Elh´heen:" natürlich, gerne, danke".

Elh´heen mochte Meister Konh´fez sehr.
Vor allem die Unterhaltung mit ihm in seinem
Garten.
Sie liebte wie Meister Konh´fez Geschichten
erzählte.

Auch half er ihr öfter bei Hausaufgaben und mathematischen Problemen.

Elh´heen rannte und rief laut:" Meister Konh´fez, hier ist ein Brief für sie".

Meister Konh´fez:" danke Elh´heen, lass mich mal sehen, woher der kommt.

Hmm, von der Regierung, aus der Hauptstadt. Zhon´than. Scheint was Wichtiges zu sein".

Elh´heen:"machen sie doch auf, ich platze vor Neugier".

Meister Konh´fez:"nur die Ruhe, kleines Fräulein. Du bist ja neugieriger als der Arh´ph in den Baumwipfeln.

Das ist von unserem Präsidenten. Er bittet mich, als Berater, zu einer Konferenz mit Abgeordneten des Nördlichen und Südlichen Kontinents, zu kommen".

Elh´heen:"werden sie hingehen ?".

Meister Konh´fez:"ja, wahrscheinlich sollte ich hingehen, sonst ärgert sich der Präsident wieder, als ich einmal nicht hingegangen bin.

Hier steht das ich in zwei Tagen abgeholt
werde, hört sich Ernst an".

Mutter von Elh´heen ruft:" Elh´heen, komm
nach Hause, wir essen bald.
Hallo Meister Konh´fez, geht es ihnen gut ?".

Meister Konh´fez:"ja, danke der Nachfrage".

Elh´heen:"wiedersehen Meister Konh´fez,
und erzählen sie mir von dieser Geschichte
später".

Meister Konh´fez:"wiedersehen Elh´heen,
ja, das mach ich".

Nach zwei Tagen wird Meister Konh´fez von
einer Limousine des Präsidenten abgeholt,
und zum Regierungsgebäude in der
Hauptstadt gefahren.

Unter Begleitung führt man ihn zum
Präsidenten des Mittleren Kontinents,
Präsident Khen´thon.

Präsident Khen´thon:" Meister Konh´fez,
willkommen in der Hauptstadt, wie geht es
ihnen ?".

Meister Konh´fez:" danke gut, Herr Präsident,
und wie geht es ihnen ?".

Präsident Khen´thon:"hervorragend, mein
lieber Konh´fez.

Ich glaube die Energieprobleme unseres
Planeten werden sich bald in Luft auflösen.

Der Abgeordnete des Nördlichen Kontinents,
Senator Phal´had hat fundierte Daten
mitgebracht für den Bau eines Quantenkern-
Fusionsreaktors.

Wissen sie was das heißt, eine saubere
unerschöpfliche Energiequelle für die Zukunft.

Und sie wollen die Technologie mit uns und
dem Südlichen Kontinent teilen.

Nur eine einzige Bitte hätten sie.

Aufgrund der hohen Wärme-Entwicklung
bitten sie um die Unterlagen zur Herstellung,
des von ihnen erfundenen, extrem belast-
baren und leichten Materials Meth´hronia.

Sie haben schon das Fundament errichtet.
Was sagen sie dazu?".

Meister Konh´fez:"nun ja, ich habe sehr häufig über die Theorie des Quantenkern-Fusionsreaktors gehört, eine interessante Technik.

Wenn das stimmen sollte, dass sie dazu fähig sind, eines zu entwickeln, und uns die Technologie auch zur Verfügung zu stellen, wäre ich natürlich bereit mein Beitrag zu leisten.

Doch, Herr Präsident, wie sie wissen, ist der Ober-Magistrat Thran´thel, vom nördlichen Kontinent, ein äußerst verschlagener Geselle.

In der Vergangenheit hat er uns sehr oft übervorteilt und hintergangen.
Ich traue ihm irgendwie nicht".

RÜCKBLICKEND:

Vor 18 Jahren war Thran´thel der Vize-Magistrat, vom gemäßigtem Ober-Magistrat Bhant´tha.

Der Krieg, zwischen dem Nördlichen und dem Südlichen Kontinent um Rohstoff-Territorien, dauerte nun fast ein Jahr.

Es ging um eine riesige Fläche von Selhan´thin-Vorkommen auf dem Gebiet des Südens.

Die einzige Stelle auf dem gesamten Planeten.

Selhan´thin war der wichtigste Rohstoff für die Bauteile, des kommenden Digitalen Zeitalters.

Als die Selhan´thin-Ader vor vielen Jahren bekannt wurde, verheimlichte Präsident Math´skha vom Südlichen Distrikt zuerst den Fund.

Doch Geheimdienstler vom Norden fanden dies schließlich heraus.

Nach vielen Leugnen und unwilligen
Verhalten, des Süd-Präsidenten, Geschäfte
mit dem Norden zu machen, kam es dann zu
dem Krieg.

Meister Konh´fez vermittelte damals, mit dem
Segen von Präsident Khen´thon, zwischen
den Parteien

Ober-Magistrat Bhant´tha willigte schließlich
ein, und zog seine Truppen zurück.

Dafür sollte Präsident Math´skha, ausreichend
Selhan´thin, zu fairen Preisen, an den Norden
verkaufen.

Thran´thel sah dies damals als eine
Schwäche von Bhant´tha an

Er war der Meinung, das er die Interessen des
Nordens verraten hätte.

Zwei Tage später starb Ober-Magistrat
Bhant´tha bei einem Verkehrsunfall.

Die Umstände wurden nie richtig geklärt.
Verdächtigungen wurden gemacht, und
Gerüchte zogen die Runde.

Doch am Ende wurde es als ein Unfall abgeschlossen.

Thran´thel wurde zum Ober-Magistrat ernannt.

Eine Woche später fand auch Präsident Math´skha den Tod.

Durch einen Fanatiker, der danach, praktischer Weise, Selbstmord beging.

Nach den Neuwahlen im Südlichen Kontinent, mit etlichen Vorwürfen für Wahlmanipulation, wurde Thef´thal der neue Präsident.

Überraschender Weise war Thef´thal dem Norden sehr Wohlgesonnen, und viele meinten er wäre der auserlesene Handlanger von Thran´thel, der ihm zur Macht geholfen hätte.

Doch all diese Ereignisse und Vorwürfe wurden nie bewiesen.

Thran´thel vereitelte und sabotierte die kommenden Jahre viele Geschäfte des Mittleren Kontinents mit dem Rest des Planeten.

Ihm war Meister Konh´fez immer ein Dorn im
Auge.

HAUPTGESCHICHTE,
Fortsetzung:

Präsident Khen´thon:"ja, sie haben recht, wir hatten unsere Meinungsverschiedenheiten.

Jedoch möchte er, als Zeichen seines guten Willens, jeden Haushalt in den dörflichen Gegenden, des gesamten Mittleren Kontinents, kostenlos mit Solarpaneelen versorgen.

Das ist ein gigantisches Budget, das wir nicht selbst bewältigen könnten.

Er weiß, wie sehr sie die Solar- und Windtechnologie schätzen.

Außerdem hat er sich bereit erklärt, dass unsere Delegierten jederzeit das Projekt beobachten und mit verfolgen können.

Und sie wissen, das sich Thran´thel, die letzten Jahre sehr verändert hat, gemäßigter und Kooperativer wurde

Er hat uns bei vielen wichtigen Projekten unterstützt".

Meister Konh´fez:"ja das ist wahr, und das ist
auch ein sehr großzügiges Angebot des
Nordens.

Sie scheinen ja davon begeistert und
überzeugt zu sein.

Ich habe dennoch meine Zweifel an der
Aufrichtigkeit von Thran´thel, und ein ungutes
Gefühl.

Aber ich werde meine Unterlagen über
Meth´hronia zur Verfügung stellen.

Und ich hoffe sehr, das sich Thran´thel
wirklich geändert hat ".

Präsident Khen´thon:" Meister Konh´fez,
sie haben den Grundstein für die Rettung
unseres Planeten gelegt, vielen Dank.

Kommen sie, die Herren warten schon auf uns
im Speisesaal, und anschließend können wir
die Details besprechen".

Nach dem Festmahl und den Konferenz-
Gesprächen mit den Abgeordneten, wurde
Meister Konh´fez wieder zurückgefahren.

Unterwegs kam ihm der Gedanke, dass er
hoffentlich nicht den Grundstein für den
Untergang des Planeten gelegt hat.

Und er wusste, falls er abgelehnt hätte, wäre
Khen´thon auch in der Lage gewesen seine
Unterlagen enteignen zu können.

Etwas über ein Jahr war vergangen.

Meister Konh´fez erhielt ebenfalls
regelmäßige Berichte über die Fortschritte der
Fusionsforschung und Entwicklung,
aber er las sie sehr selten.

Eines Tages, als Meister Konh´fez mit
Elh´heen im Garten saß, und ihr
Nachhilfeunterricht gab, knallte ein Vogel
gegen die Terrassen-Scheibe und starb.

Beide waren erschrocken und sie wunderten
sich.

Elh´heen:" was hat den der Vogel, Meister
Konh´fez, ist er krank geworden ?".

Meister Konh´fez:"ich weiß es nicht Liebes,
lass uns den Vogel vergraben".

Als Meister Konh´fez sah, wie auf der
gegenüberliegenden Straßenseite, weitere
2 Vögel gegen die Fensterscheiben der
Häuser flogen und auf den Boden fielen,
hatte er einen Verdacht.

Er sagte zu Elh´heen:" Elh´heen, geh bitte
nach Hause, das reicht für heute":

Elh´heen:"danke, Meister Konh´fez,
wiedersehen".

Meister Konh´fez:" wiedersehen, Elh´heen".

Anschließend holte er seinen Gehstock,
und lief die Straße herunter, durch das
Wohnviertel.

Überall sah er verendete Vögel.

Hunde bellten und viele Tiere schienen
orientierungslos herumzulaufen.

Und die Luft roch etwas verbrannt.

Ein Krankenwagen fuhr zu einem der Häuser,
und hielt davor an.

Meister Konh´fez lief zum Haus rüber,
und sprach einen der Sanitäter an:"guten Tag,
Herr Sanitäter, hier wohnt Herr Brhan´then,
ich kenne ihn seit Jahren, ist er krank, was
fehlt ihm denn ?".

Sanitäter:"seine Frau hat angerufen,
irgendetwas stimmt mit seinem
Herzschrittmacher nicht.

Er scheint Schmerzen zu haben".

Das alles konnten keine Zufälle sein,
irgendetwas stimmt hier nicht, dachte
Meister Konh´fez.

Er lief wieder zurück nach Hause, holte seine
Mess-Instrumente und den Kompass heraus,
und sah, dass sich das Elektromagnetische
Feld verändert hatte.

Die Kompassnadel zeigte ebenfalls eine
Abweichung.

Am anderen Morgen rief er Präsident
Khen´thon an, und bat um eine Besprechung.

Der Präsident war einverstanden und ließ ihn
abholen.

Meister Konh´fez:"guten Tag, Herr Präsident".

Präsident Khen´thon:" guten Tag, Meister Konh´fez, was haben sie auf dem Herzen ?".

Meister Konh´fez:" Herr Präsident, haben sie aus ihrer Umgebung irgendwelche Nachrichten von mysteriösen und ungewöhnlichen Ereignissen oder Phänomenen gehört ?".

Präsident Khen´thon:"in der Tat, habe ich Meldungen von toten Vögeln und eigenartigen Tierverhalten gehört.

Die Nachrichten senden diese unentwegt".

Meister Konh´fez:"ich habe leider keinen Fernseher, und mein Radio ist zur Zeit kaputt".

Präsident Khen´thon:"Auch sind viele Fälle von defekten Herzschrittmachern dabei.

Ich habe Anweisungen gegeben für eine Untersuchung.

Und die Hersteller-Firmen habe ich zu einer Stellungnahme gebeten".

Meister Konh´fez:"ich habe nur die
Befürchtung, dass es nicht an den
Schrittmachern selbst liegt.

Ich glaube die Veränderung des
Elektromagnetischen Feldes unseres
Planeten ist dafür verantwortlich.

Ich habe gemessen das es schwächer wird,
und die etwas verbrannte Luft, die ich, ab und
zumal, rieche, deutet darauf hin, das unsere
Ozonschicht abnimmt.

Herr Präsident, hier ist eine globale
Veränderung im Gange, und nicht zum Guten.

Wir müssen, so schnell wie möglich,
die Ursache herausfinden".

Präsident Khen´thon:"ich werde eine
Untersuchungs-Kommission gründen,
mit weitreichenden Befugnissen.

Keine Sorge, Meister Konh´fez, wir werden
dem Allem nachgehen".

Meister Konh´fez:"danke, Herr Präsident".

Meister Konh´fez verabschiedete sich und ließ
sich wieder zurückfahren.

Zu Hause angekommen, ließ ihn die
Angelegenheit nicht ruhen.

Er wollte nicht Tatenlos herumsitzen, und
selbst der Sache nachgehen.

Das erste was ihm einfiel, war der Besuch des
Institutes wo der Quantenkern-Fusionsreaktor
erforscht, und später gebaut werden soll.

Meister Konh´fez wollte überprüfen,
ob vielleicht der Reaktor etwas mit den
Ereignissen zu tun hat.

Er selbst war immer noch skeptisch, was
dieses Projekt anging

Doch andererseits hoffte er auch, dass es
funktioniert.

Meister Konh´fez rief daraufhin im Sekretariat
von Ober-Magistrat Thran´thel, vom
nördlichen Kontinent, an.

Er tat so, als ob er das Fusions-Projekt,
mit ganzem Herzen, befürworten würde.

Sekretariat:" Magistrats-Palast, Sekretärin
Vhal´tha, guten Tag".

Meister Konh´fez:" guten Tag, Frau Vhal´tha,
hier spricht Meister Konh´fez aus der Stadt
Lhan´than, vom mittleren Kontinent.

Vor über einem Jahr war ich bei der
Konferenz, über das Projekt des
Quantenkern-Fusionsreaktors dabei, und war
sehr begeistert.

Wäre es möglich ihr Institut zu besuchen,
für einen Rundgang, um den Fortschritt mit
eigenen Augen zu sehen.

Bei dieser Gelegenheit könnte ich auch ihre
wunderschöne Heimat kennenlernen,
ich war noch nie im Norden".

Sekretärin Vhal´tha:" guten Tag, Meister
Konh´fez.

Sie sind bei uns ebenfalls eine Legende und
sehr bekannt, nicht nur auf ihrem Kontinent.

Ich werde sehr gerne ihre Bitte weiterleiten.

Aber ich bin mir sicher das sie herzlich
willkommen sind, bei Ober-Magistrat
Thran´thel.

Wir werden uns bei ihnen so schnell wie
möglich melden, schönen Tag wünsche ich
ihnen".

Meister Konh´fez:"danke, auch ihnen schönen
Tag".

Nach zwei Tagen bekam Meister Konh´fez ein
Brief vom Magistrats-Palast.

Er erhielt eine Einladungskarte, Flugtickets für
die Hin- und Rückreise, für die erste Klasse.

Sogar ein Gutschein, für einen Einwöchigen
Hotelaufenthalt in der Nähe des Institutes,
war dabei.

Meine Güte, dachte Meister Konh´fez, eine
Legende zu sein lohnt sich anscheinend.

Er packte seine Sachen, für den Flug morgen
früh, zur Hauptstadt Vhelh´than.

Frühmorgens um 08:00 Uhr läutete das Taxi,
welches ihn abholen sollte zum Flughafen.

Am Flughafen wurde Meister Konh´fez schon
erwartet und ins Flugzeug geleitet.

Er bekam, von der Stewardess, seinen Sitzplatz zugewiesen, und wenig später hob der Flieger ab.

Unweit vom Ziel bemerkte Meister Konh´fez, vom Fenster des Flugzeuges aus, hunderte von Kuppelartigen, Gebäudeähnlichen Objekten, die verstreut auf unbewohnten Gebieten aufgestellt waren.

Alle hatten Solaranlagen auf den Dächern, und er überlegte sich, ob es vielleicht Stromversorgungszentren wären.

Kurz vor der Landung traf ein Blitz, aus heiterem Himmel, einen der Triebwerke des Fliegers. Das Triebwerk fiel aus.

Es gab einen fürchterlich lauten Knall, und ein Ruckeln ging durch den Innenraum.

Alle hatten sich erschrocken und Meister Konh´fez wunderte sich; ein Blitz am sonnigen Tag, kein Gewitter weit und breit.

Das konnte nur eine Atmosphären-Entladung gewesen sein.

Würde zu dem passen was ich bisher alles gesehen habe, dachte er sich.

Der Kapitän beruhigte über Funk die
Passagiere und landete, mit einem Triebwerk,
sicher das Flugzeug.

Am Flughafen wurde Meister Konh´fez von
einem Regierungs-Fahrzeug abgeholt und
zum Palast gefahren.

Dann führte man ihn zu Ober-Magistrat
Thran´thel persönlich.

Ober-Magistrat Thran´thel:" herzlich
willkommen im Nördlichen Distrikt, Meister
Konh´fez. Wie war ihr Flug ?".

Meister Konh´fez:" ein bisschen turbulent,
aber angenehm.

Danke für den freundlichen Empfang,
Herr Ober-Magistrat.

Ich freue mich schon auf die Besichtigung im
Institut".

Ober-Magistrat Thran´thel:"wir machen große
Fortschritte mit dem Reaktor.

Die Versuchsreihen bisher, sind sehr
vielversprechend.

Dank ihres hitzebeständigen Materials
Meth´hronia, das sie uns freundlicherweise
zur Verfügung gestellt haben, können wir den
entstehenden Hitze-Stau, mit einem
geeigneten Gehäuse, gut abschirmen.

Meister Konh´fez, bitte gestatten sie mir eine
persönliche Frage.

Sie waren doch in der Vergangenheit immer
skeptisch, was solche ähnliche, oder auch
Geothermische Projekte anging.

Sie sagten immer, man solle besonnener mit
dem Fortschritt umgehen, und Nutzen mit
Schaden, gegenüber dem Planeten, gut
abwägen.

Wie kommt es nun zu Ihrer Meinungs-
Änderung ?".

Meister Konh´fez:"wissen sie, ich hatte nicht
erwartet, das der Energiebedarf für
kommende Generationen derart sprunghaft
ansteigen würde.

Neue Technologien wurden erfunden, riesige
Industriekomplexe werden auf der ganzen
Welt errichtet, und ohne Energie gibt es
keinen Fortschritt.

Ich bin ein alter Mann und zur Einsicht
gekommen. Man soll über mich nicht sagen,
wenn ich diese Welt mal verlassen sollte,
ich hätte den Fortschritt behindert.

Deshalb denke ich, es lohnt sich gewisse
Risiken einzugehen für das technologische
Weiterkommen.

Und außerdem, die Technologie des Reaktors
ist Oberplanetarisch und das Risiko ist
überschaubar".

Ich bin mir nicht sicher, ob der ehrenlose
Gauner mir das alles abgekauft hat, was ich
gerade verzapft habe, dachte er sich innerlich.

Ober-Magistrat Thran´thel:"nun denn, es ist
spät geworden, Ruhen sie sich aus.

Ein Wagen wird sie zu ihrem Hotel fahren,
und morgen früh um 09:00 Uhr werden sie
abgeholt zur Besichtigung.

Mein Leibwächter Ohn´thon wird sie raus
begleiten, einen schönen Abend noch".

Meister Konh´fez:"danke für alles, Herr Ober-
Magistrat, ihnen auch einen schönen Abend".

Im Hotel waren seine Gedanken immer noch
bei den eigenartigen Kuppelbauten, die er aus
dem Flugzeug sah.

Um Solaranlagen aufzustellen bedarf es nicht
so einen aufwendigen Unterbau, dachte er
sich.

Am anderen Morgen, Punkt 09:00 Uhr, wurde
Meister Konh´fez abgeholt, und zum Institut
gefahren.

Dort wurde er herzlich empfangen, und
anschließend zeigte man ihm das ganze
Gebäude.

Zum Schluß kam der Höhepunkt des Tages,
die Besichtigung der Reaktor-Halle.

Vor einem Aufzug, öffneten sich die Türen.

Wissenschaftler Dr. Shong´lhi:" bitte Meister
Konh´fez, treten sie ein.

Das ist ein Translift. Der wird uns in kurzer
Zeit, 500 Meter ins Planeten-Innere fahren".

Unten angekommen betraten sie die
hochmoderne Halle.

Wissenschaftler Dr. Shong´lhi:" Hinter der durchsichtigen Schutzwand sehen sie den Quantenkern-Fusionsreaktor.

Die ein und ausgehenden Anschlüsse des Gehäuses bilden einen exakten Kreis von fast 100 Kilometern Durchmesser, die die Quantchotron-Einheit bilden.

Die Zeth´ra-Teilchen werden auf mehrfache Lichtgeschwindigkeit beschleunigt, und kollidieren im Gehäuse.

Wir haben es geschafft, die entstandenen Quantenkerne, bis zu einer Minute stabil zu halten.

Vor ein paar Monaten waren es nur Bruchteile einer Sekunde.

Die dadurch entstandene Energie, wurde in die Speichereinheit geleitet.

Damit könnten wir eine ganze Großstadt, ein Jahr lang, mit Energie versorgen.

Stellen sie sich das Energiepotential vor, wenn wir es länger stabilisieren könnten".

Meister Konh´fez:"erstaunliche Leistung, Herr
Dr. Shong´lhi, und das alles in etwas mehr als
einem Jahr.

Wie wird der Beschleunigungsring gekühlt,
bei dieser gewaltigen Energieanhäufung und
Wärmeentwicklung ?".

Wissenschaftler Dr. Shong´lhi:"wir haben eine
durchgehende Doppelwandige Kühleinheit,
die bisher keine Probleme bereitet hat".

Doppelwandige Kühleinheit ?, bei den
Energiemengen ?, und diesen
Rohrdurchmessern ?, irgendetwas stimmt hier
nicht, dachte sich Meister Konh´fez innerlich.

Nach Ende des Vortrages und der
Besichtigung, bedankte und verabschiedete er
sich.

Als er wieder im Hotel ankam, wollte er das
Ganze nachrechnen, was Dr. Shong´lhi ihm
erzählt hatte.

Seine Bedenken wurden bestätigt. Der
Durchmesser des Torus-Ringes müsste um
die Hälfte größer sein, mit einer
Dreifachkühlung.

Das Ganze war leeres Gerede und alles nur
Fassade, was ihm dort vorgeführt wurde.
Jedoch die Anzeige der Speichereinheit
stimmte.

Woher kam dann diese hohe Energiemenge,
fragte sich Meister Konh´fez.

Der Page vom Hotel klopfte an seiner Tür,
und übergab ihm ein Einladungsbrief, vom
Ober-Magistrat Thran´thel, zum Abendessen
morgen im Palast, mit seinem Wissenschafts-
Stab.

Das ist die Gelegenheit um dem Allem
nachzugehen, und Nachforschungen
durchzuführen, sagte sich Meister Konh´fez.

Am nächsten Abend wurde er abgeholt, und
im Palast vom Magistrat persönlich begrüßt.

Ober-Magistrat Thran´thel:" willkommen,
Meister Konh´fez, ich möchte ihnen meine
wissenschaftlichen Mitarbeiter vom Institut
vorstellen.

Herrn Dr. Shong´lhi kennen sie ja schon, er ist
der Chef des Teams".

Dr. Shong´lhi:" guten Abend, Meister
Konh´fez".

Meister Konh´fez:" guten Abend Herr Dr.
Shong´lhi ".

Ober-Magistrat Thran´thel:"dann sind da,
Dr. Uhro´mhov mit seinem Assistenten Herr
Zhen´tha, und schließlich mein
wissenschaftlicher Berater Dr. Thel´mha".

Meister Konh´fez:"sehr erfreut".

Ober-Magistrat Thran´thel:"hier kommt unser
Begrüßungs-Trunk, bitte, setzen wir uns hin,
nehmen sie alle Platz".

Meister Konh´fez:"Herr Ober-Magistrat, dürfte
ich vorab eine Frage stellen ?".

Ober-Magistrat Thran´thel:"bitte sehr".

Meister Konh´fez:"aus dem Flugzeug, bei der
Herreise, bemerkte ich die Solaranlagen auf
den Feldern, die auf Kuppelartigen Bauten
aufgestellt wurden.

Sehr Aufwendig und Kostspielig finde ich für
einfache und kleine Anlagen".

Ober-Magistrat Thran´thel:"wissen sie, wir
wollten etwas Ästhetik in die Landschaft
einbringen.

Nicht mehr solch plumpe und einfache
Metallgerüste. Es sollte was Ansehnliches
werden".

Meister Konh´fez:"ah ja, ich verstehe.
Freut mich, dass sie die Solartechnik so hoch
einschätzen".

Es wurde viel geredet über Energie-
Gewinnung, Naturschutz und Klimawandel.

Dann plötzlich, erschütterte ein kleines Beben
den ganzen Palast.

Ober-Magistrat Thran´thel:"keine Sorge,
meine Herren, bei uns gibt es immer wieder
solche Minibeben, nichts Ernstes".

Nach ungefähr einer Stunde, lief Meister
Konh´fez in den Vorgarten, und wollte etwas
Luft schnappen.

Da kam Herr Zhen´tha, der Assistent von
Dr. Uhro´mhov, auf ihn zugelaufen.

Zhen´tha:" Meister Konh´fez, ich habe viel
über sie gehört. Sie sind überall eine
Legende.

Auch im südlichen Kontinent, woher ich
herkomme.

Ihre Arbeiten und Erfindungen in der Solar-
und Windtechnologie sowie der
Wasserkraftanlagen sind einzigartig und
unübertroffen.

Der ganze Planet nutzt ihre zahlreichen
Erfindungen, und ist ihnen dankbar.

Und sie haben nie etwas verlangt, außer
einfachem Lohn, bis zu ihrer Rente.

Eigentlich müssten sie der reichste Mann auf
Deyh´mon sein, aber sie haben alles
abgelehnt um Bescheiden zu leben.
Sehr bewundernswert".

Meister Konh´fez:"zu viel der Ehre.
Wissen sie, Materieller Reichtum bedeutet
nicht alles.

Ich bin reich, wenn ich weiß, dass es unserem
Planeten gut geht.

Ich bin reich wenn überall alle Moo´thianer glücklich und zufrieden leben, und es hoffentlich irgendwann auch keine Verbrechen mehr gibt.

Wenn jeder auf unserer Welt ausreichend zu Essen, Kleidung, Unterkunft hat sowie Bildung erhält, dann bin ich der reichste.

Und wenn dann auch alle Auseinander-Setzungen und Meinungsverschiedenheiten ausgeräumt sind, erst dann können wir auch den nächsten Schritt wagen, die Erforschung des Weltraums.

Raumstationen können errichtet, oder sogar andere Planeten besiedelt werden".

Als Zhen´tha sah das der Leibwächter von Ober-Magistrat Thran´thel, Ohn´thon, sich entfernte begann er zu flüstern.

Zhen´tha:" Meister Konh´fez, jetzt kann ich frei reden, bitte hören sie mir zu, ich habe wenig Zeit.

Etwas Merkwürdiges geht hier vor, seit Monaten. Das heutige Beben war kein Einzelfall.

Es fing an mit leichtem Rütteln, einmal im
Monat, nun wird es immer stärker und die
Intervalle immer kleiner, nicht nur im Norden,
sondern auch im Süden.

Irgendwann erreicht es den mittleren
Kontinent.

Es gibt sehr viele Todesfälle, weltweit,
die verschwiegen werden.

Leute verschwinden spurlos, die darüber
berichten wollen.

Mysteriöse Gebäude- und Brückeneinstürze,
sind an der Tagesordnung".

Meister Konh´fez:"wie haben sie das alles
erfahren ?".

Zhen´tha:"ich konnte einmal, heimlich in ein
Dosier einsehen, als Thran´thel, Uhro´mhov
und Präsident Thef´thal, von südlichen
Kontinent, sich in ein Nebenzimmer
zurückzogen um was zu besprechen.

In dem Ordner war die Rede von Hundert-
Tausenden von Toten und, sich
widersprechenden Berichten".

Meister Konh´fez:"was sie da sagen ist
erschreckend, haben sie Beweise dafür ?".

Zhen´tha:"nein, leider nicht. Es wird alles
streng gehütet.

Ich habe leider keinen Zugang zu allen
Informationen.

Auch zu bestimmten Gesprächen, werde ich
nicht eingeladen.

Doch ich weiß, dass im Untergeschoss dieses
Palastes ein Raum ist, wo sich alle drei
regelmäßig treffen.

Ich weiß wo das ist, jedoch gibt es dort
biometrische Sicherheitsvorkehrungen,
wie Augen- und Fingerabdruckscanner.

Es ist unmöglich dort reinzukommen".

Meister Konh´fez:"ich denke nicht, dass es
unmöglich ist.

Als mich Thran´thel zum ersten Mal empfing,
hatte ich, in gewisser Voraussicht, meine
Scanner-Brille dabei.

Von dieser Erfindung weiß niemand.
Ich habe seine Augen und Pupillen gescannt,
unauffällig.

Und auf meiner rechten Hand, war ein
hauchdünner Kunststoff-Überzug, das sich
wie Haut anfühlt.

Beim Handschlag hat er seine Fingerabdrücke
übertragen.

Wissen sie, Zhen´tha, ich bin hergekommen,
um einige Vorfälle in meiner Heimat zu
untersuchen.

Und das man Thran´thel nicht trauen kann,
musste ich in der Vergangenheit öfter
schmerzlich erfahren.

Auch habe ich einen kleinen Störsender für
die Kameras dabei".

Zhen´tha:"sie haben ja an alles gedacht.
Ich habe gerade gesehen, das Thran´thel
seinen Leibwächter Ohn´thon irgendwo hin
schickt.

Das ist unsere Gelegenheit, denn sonst haben
wir keine Möglichkeit den Palast von außen
jemals wieder zu betreten.

Kommen sie Meister Konh´fez ".

Sie liefen wieder in den Raum.

Zhen´tha:" Herr Ober-Magistrat,
Meister Konh´fez würde gerne die
Windkraftanlage vor dem Palast besichtigen.

Hätten sie etwas dagegen wenn ich ihn
herumführen dürfte ?".

Ober-Magistrat Thran´thel:"nein, natürlich
nicht, schließlich ist es seine Erfindung,
gehen sie nur".

Zhen´tha:"danke, Herr Ober-Magistrat".

Meister Konh´fez und Zhen´tha liefen in
Richtung der Anlage.

Kurz vor dem Kraftwerk, ging eine
Wendeltreppe ins Untergeschoss.

Zhen´tha:" Meister Konh´fez, ich sage ihnen
gleich, wann sie den Störsender einschalten
sollen".

Sie liefen einen Weg von etwa 100 Metern.

Zhen´tha:"jetzt, bitte.

Kommen sie, die Treppen runter.
Für die Eingangstür habe ich einen Schlüssel.

Das habe ich mir heimlich machen lassen,
vom Schlüsselbund, das Uhro´mhov ständig
mit sich trägt, und einmal unachtsam war".

Zhen´tha schloss die Tür auf, und sie liefen
einen Labyrinth von Gängen hindurch, bis zu
dem ominösen Raum.

Zhen´tha:"so, jetzt liegt es an ihnen, Meister
Konh´fez".

Meister Konh´fez:"nun, lassen sie mich mal
sehen.

Die Pupillen kann ich zurückprojizieren,
aber das hier ist kein Fingerabdruck, sondern
ein Handscanner".

Zhen´tha:"warum, ist das schwieriger.
Wir haben nicht so viel Zeit, bis die was
merken".

Meister Konh´fez:"etwas schwieriger ist das
schon, aber nicht unmöglich.

Mit dem Brillenscanner muss ich alle
Fingerabdrucke aufnehmen und zu einer
Handfläche interpolieren.

So, nun reflektiere ich das auf die Oberfläche.
und anschließend die Augen-Projektion.

Geschafft, die Tür ist offen".

Zhen´tha:"sie sind wahrlich ein Meister".

Ober-Magistrat Thran´thel hat, in der
Zwischenzeit, seinen Leibwächter Ohn´thon
beauftragt zum Hotel zu fahren

Er sollte das Zimmer von Meister Konh´fez
durchsuchen.

Ohn´thon fand im Zimmer die Berechnungen
von Meister Konh´fez zu den Reaktor-
Abmessungen und rief daraufhin Thran´thel
an, und sprach nur:" Er weiß es".

Ober-Magistrat Thran´thel:" kommen sie
wieder zurück".

Währenddessen betraten Meister Konh´fez
und Zhen´tha den geheimen Raum.

Was sie da alles sahen, stockte ihnen den Atem.

Meister Konh´fez:"das ist doch nicht möglich, was haben die nur alles angestellt.

Hier sind Pläne von Abertausenden Bohrungen, verteilt auf der Nördlichen Hemisphäre.

Die gleiche Anzahl auf dem südlichen Kontinent.

Sie haben, das von mir entwickelte Material Meth´hronia verwendet, um Rohre, für Planet-Innere Bohrungen, herzustellen.

Das war also ihre eigentliche Absicht.

Ich hatte es schon geahnt, dass dieser verlogener Bastard von Thran´thel wieder Schindluder treiben würde.

Ich hätte auf mein Bauchgefühl hören müssen, und die Unterlagen von Meth´hronia nie hergeben, und die Formel vernichten sollen.

Das Projekt mit dem Reaktor war nur Täuschung. Was hab ich nur getan.

Du meine Güte, das ist doch nicht wahr".

Zhen´tha:" was ist denn, Meister Konh´fez ?".

Meister Konh´fez:"die Verrückten haben bis
zum flüssigen Planetenkern gebohrt.

Sie pumpen das flüssige Material bis zu einer
Höhe wo es noch flüssig bleibt, und haben
eine Apparatur dazwischen installiert,
wodurch sie Strom gewinnen, und diesen
nach oben leiten.

Die Kuppelartigen Bauwerke, die ich aus der
Luft gesehen habe, sind Abdeckungen von
diesen Bohrstellen, getarnt als
Solarkraftwerke".

Zhen´tha:"ist das Ganze schlimm, hat das
irgendwelche Auswirkungen auf Deyh´mon ?".

Meister Konh´fez:"ja hat es. Sehr schlimme
Auswirkungen.

Kein Wunder, das das Elektromagnetische
Feld gestört ist.

Die Rotation des Planetenkerns wird erheblich
beeinträchtigt.

Dadurch entstehen Lücken im Magnetfeld, wodurch ungehindert Kosmische Strahlung und hochgeladene Sonnenwinde unsere Welt treffen.

Die obere Ozonschicht wird auch beeinflusst.

Zhen´tha, suchen sie bitte nach Unterlagen von der Zusammensetzung aller Materialien".

Zhen´tha:"hier bitte, ich hab sie".

Meister Konh´fez sah sich die Blätter an und wurde Kreidebleich.

Meister Konh´fez:"O Gott, diese Wahnsinnigen, was haben sie nur getan".

Ihm wurde schwindelig, er torkelte herum und suchte irgendwo Halt.

Zhen´tha:"Meister Konh´fez, was haben sie nur.

Kommen sie bitte, ich helfe ihnen, setzen sie sich hin".

Als Meister Konh´fez langsam wieder zu sich kam:" sie haben den Untergang unseres Planeten eingeleitet.

Wir müssen schnell wieder hoch und die alle
warnen, damit sie diesen Irrsinn stoppen".

Zhen´tha:"das können wir nicht, sie werden
uns verhaften lassen, oder schlimmeres mit
uns anstellen".

Meister Konh´fez:" darauf kommt es jetzt auch
nicht mehr an. Jede Sekunde zählt.
Kommen sie".

Zhen´tha stützte Meister Konh´fez am Arm,
und beide liefen langsam wieder zurück.

Als sie das Foyer betraten, stand schon der
Sicherheitsdienst vor ihnen.

Meister Konh´fez:"bringen sie uns schnell zum
Magistrat".

Sicherheitsdienst:" mit Vergnügen".

Ober-Magistrat Thran´thel:" Meister Konh´fez,
was soll ich nur mit ihnen machen.
Sie haben das mit dem Reaktor also
herausgefunden".

Meister Konh´fez:"nicht nur das, wir waren
gerade in ihrem geheimen Raum, im
Untergeschoss.

Hören sie zu, Thran´thel, sie müssen das
Ganze beenden und alle Pumpen abstellen,
auch im Süden.

Deyh´mon ist in Gefahr und könnte zerstört
werden.

Ich habe im Material-Ordner gesehen das sie
das Meth´hronia mit 20 Prozent
Minderwertigem Material vermischt haben,
wahrscheinlich um Kosten zu sparen,
sie Mistkerl.

Die Rohre könnten jederzeit bersten.

Auch wenn sie pures Meth´hronia verwendet
hätten, wären die Auswirkungen in der
Zukunft katastrophal.

Die verheerenden Vorkommnisse, weltweit,
die sie unter den Teppich gekehrt haben,
sehen sie ja.

Die Rotation des flüssigen Planetenkerns wird
gestört. Das alles wird tausendfach schlimmer
werden, in der nahen Zukunft".

Ober-Magistrat Thran´thel:"mein
wissenschaftlicher Berater Dr. Thel´mha, hat
alles doppelt und dreifach berechnet.

Er hat mir versichert, dass alles korrekt und
sicher funktionieren wird.
Der Einfluss auf den Planetenkern ist minimal.

Und die Vorkommnisse auf der Welt, sind nur
vorübergehende, starke Sonnen-Eruptionen.

Sie platzen ja, in Wirklichkeit, vor Neid,
Konh´fez.

Ich habe das geschafft, was sie nie erreicht
haben, eine unerschöpfliche, saubere
Energiequelle".

Meister Konh´fez:"ihr wissenschaftlicher Idiot
kennt das Material und die Beschaffenheit der
planetarischen Schichten nicht wie ich.

Mein Leben lang habe ich die geologische
Zusammensetzung unseres Planeten
erforscht und studiert.

Die Gesteins-Schichten mit
eingeschlossenem Wasser, reichen sehr tief
ins Planeten-Innere.

Wenn die Kreislauf-Rohre nicht halten, wird
sich das flüssige Kern-Material, durch den
Druck, in den oberen Mantel-Ebenen
verteilen.

Durch die Hitze wird Wasserdampf entstehen,
und das ist der Beginn globaler starker
Erdbeben.

Wenn sie nicht sofort aufhören, mit diesem
Wahnsinn, hat unser Planet nicht einmal eine
Woche. Danach endet unsere Zivilisation".

Ober-Magistrat Thran´thel:"das ist ihre
Theorie, und nicht unsere.

Ich beschäftige die klügsten und
erfolgreichsten Wissenschaftler, auf
Deyh´mon.

Und die sagen mir was anderes.
Sie werden uns den Fortschritt nicht
verbauen, Konh´fez.

Schafft beide in die Arrestzelle, ich werde
mich morgen um sie kümmern".

Meister Konh´fez:" sie haben das alles
Jahrelang geplant, nicht wahr.

Ihre angeblichen guten Taten und
Unterstützung, für den mittleren Kontinent,
war alles nur Trug und Blendung".

Meister Konh´fez und Zhen´tha wurden in
zwei getrennte, benachbarte Räume
eingesperrt.

Am anderen Morgen rief Meister Konh´fez
nach Zhen´tha:" Zhen´tha, geht es ihnen gut".

Doch es kam keine Antwort.

Wieder versuchte es Meister Konh´fez:"
Zhen´tha, wachen sie auf, sagen sie was".

Wieder keine Antwort.

Da kamen zwei Sicherheitsleute vorbei,
öffneten die Tür von Meister Konh´fez´s
Zelle:" kommen sie raus, wir gehen,
der Ober-Magistrat möchte sie sehen".

Im Zimmer von Ober-Magistrat Thran´thel
angekommen.

Meister Konh´fez:"was haben sie mit Zhen´tha
gemacht ?".

Ober-Magistrat Thran´thel:" er ist auf eine
lange Reise geschickt worden".

Meister Konh´fez:"sie verfluchter Dreckskerl,
er war noch der klügste unter euch allen".

Ober-Magistrat Thran´thel:"wir haben lange
diskutiert ob wir sie auf die selbe Reise
senden.

Doch wenn eine Legende plötzlich
verschwindet, gibt es schlechte Schlagzeilen,
und viele Fragen.

Deshalb werden sie in die Obhut ihres
Präsidenten Khen´thon überstellt.
Ihr Flugzeug startet in zwei Stunden".

Meister Konh´fez:"ich flehe sie an, beenden
sie ihr Projekt, solange es noch geht, sonst
sind wir alle verloren".

Ober-Magistrat Thran´thel:"sie werden für
Einbruch, Diebstahl und Verrat angeklagt.

Führen sie Konh´fez ab. Er hat keinen
Meistertitel mehr, den beanspruche ich jetzt".

Im mittleren Kontinent angekommen, wird
Meister Konh´fez zu Präsident Khen´thon
gebracht.

Meister Konh´fez zu Präsident Khen´thon:"
sie haben von dem Allem, von Anfang an,
gewusst, ist es nicht so.

Ich habe ihnen vertraut. Wir haben in der
Vergangenheit Großartiges geleistet.
Wir haben dem Planeten Deyh´mon gut
gedient.

Sie sind zu so einem Verrat eigentlich gar
nicht fähig. Was ist nur geschehen ?".

Präsident Khen´thon zu seinen
Sicherheitsleuten:" nehmen sie Meister
Konh´fez die Handschellen ab, und gehen sie
raus bitte.

Ich bin von beiden Seiten erdrückt worden.
Meine Familie wurde bedroht, mir blieb nichts
anderes übrig".

Meister Konh´fez:"ich war, mit dem
Assistenten Zhen´tha, in dem geheimen
Raum wo sie alles geplant haben.

Sie haben den armen Jungen umgebracht,
diese Teufel.

In das heiligste unseres Planeten
einzudringen um Profit zu schöpfen ist
Barbarei.

Das wird sich bald rächen. Gott wird uns
zerschmettern.

Khen'thon, bitte, reden sie nochmals mit denen. Versuchen sie Thran'thel zu überzeugen.

Der Untergang unserer Zivilisation steht bevor. Tun sie doch etwas.

Verbünden sie sich mit Präsident Thef'thal und entmachten sie Thran'thel".

Präsident Khen'thon:"das wäre sinnlos. Thran'thel ist zu mächtig geworden, und Thef'thal ist ihm bedingungslos hörig.

Er hat die dreifache Soldatenanzahl und die doppelte Waffenschlagkraft wie unsere beiden Kontinente zusammen.

Thran'thel ist zu einem psychopatischen Narzissten mutiert, ihn zu überzeugen ist nicht mehr möglich.

Einen Krieg anzufangen, wäre auch sinnlos.

Der Welt-Bevölkerung alles zu erzählen, würde nur Panik und großes Leid verursachen.

Uns kann nur noch ein Wunder helfen".

In diesem Augenblich erschütterte ein mächtiges Erdbeben, große Teile des mittleren Kontinents.

Meister Konh´fez:"ich befürchte, unser Anspruch auf ein Wunder, ist soeben erloschen.

Es ist schon zu spät, wir können nichts mehr tun. Das brüchige System ist früher kollabiert als ich dachte".

Präsident Khen´thon:"gehen sie nach Hause, Meister Konh´fez. Ein Wagen wird sie fahren".

Meister Konh´fez:"sie auch, Khen´thon.

Gehen sie auch nach Hause und verbringen noch die letzten Tage glücklich mit ihrer Familie.

Das ist das Einzige was wir noch tun können, glücklich weiterleben, solange es noch geht.

Unsere Gesellschaft war zu so Großartigem fähig. Unser Planet blühte auf, mit paradiesischer Flora und Fauna.

Nun haben wir die Tore zur Hölle geöffnet".

Die letzten Tage verbrachte Meister Konh´fez
damit, die Geschichte des Planeten
Deyh´mon und alle Vorkommnisse auf
Meth´hronia-Platten zu drucken.

Zwischen durch kam immer wieder Elh´heen
zu Besuch und sie unterhielten sich.

Meister Konh´fez hatte Schwierigkeiten seine
Tränen zurückzuhalten als er Elh´heen ansah.

Sie wird ihres Lebens beraubt, sie wird ihrer
Chance beraubt Erwachsen zu werden,
eine Familie zu gründen, Kinder zu haben,
wie Milliarden anderer Kinder, sagte er sich
innerlich immer wieder.

Sein Herz und seine Seele zersprangen in
Millionen Stücke.

Einen Tag vor dem Untergang des Planeten,
fertigte Meister Konh´fez das letzte Stück
seiner Geschichte.

Eine Kugel aus Meth´hronia.

Die Rakete, in dem Silo, hinter seinem
Garten, hatte er schon vor Jahren konstruiert,
und Startreif hergerichtet.

Damit wollte er seinen Beitrag für die ersten
Schritte der Moo´th-Zivilisation, zur
Erforschung des Weltraums, leisten.

Jetzt wird es hoffentlich ein Mahnmal für
kommende Zivilisationen sein, sagte er zu
sich.

Er platzierte die 12 Platten, und die Kugel,
in die Kapsel, die auf der Rakete montiert war.

Die Rakete war auf eine bestimmte
Umlaufbahn um den Mond Tha´rh
programmiert.

Die Kapsel sollte, nach der Explosion von
Deyh´mon, seine wertvolle Ladung, so spät
wie möglich auf die Mondoberfläche
abwerfen, so dass die Platten und die Kugel,
in den oberen Schichten verteilt werden.

In der Kapsel war eine Druckereinheit,
gekoppelt an eine Kamera.

Die Kapsel wurde mit Solarsystem betrieben
mit Meth´hronia-Bauteilen und hatte eine
Lebensdauer von vielen Hundert-Tausenden
von Jahren.

Außerdem hatte sie eine eigene
Antriebseinheit.

Der Kurs und die Lage der Kapsel wurde von
Meister Konh´fez akribisch vorprogrammiert.

Dann startete er seine Rakete,
ungefähr eine Stunde vor dem Desaster.

Den Zeitpunkt des Untergangs konnte er gut
abschätzen.

Der Planet Deyh´mon wurde, durch den
aufgebauten Druck, im Planeten-Inneren,
in Stücke gerissen.

Der Aufschrei, der fast Fünf-Milliarden-
Bevölkerung des Planeten, durchflutete das
ganze Sonnensystem.

Die Umlaufgeschwindigkeit und Richtung von
Deyh´mon, kurz vor der Explosion,
harmonierte durch Zufall, mit der
Umlaufgeschwindigkeit und Richtung ihres
Mondes Tha´rh, derart präzise, so dass ein
großer Anteil der Planetenmaterie von Tha´rh
aufgenommen wurde.

Dadurch wurde auch die Umlauf-
Geschwindigkeit von Tha´rh verringert,
und seine eigene Achse verschoben.

Die Kamera in der Kapsel, und die
Druckereinheit waren so programmiert, das in
bestimmten Zeitabständen, Fotos gemacht
wurden, wie Tha´rh zu einem Planeten
heranwuchs und Deyh´mon zu einem Mond
wurde.

Diese Aufnahmen übertrug der Drucker auf
die Meth´hronia-Kugel.

Meister Konh´fez wollte dadurch die weitere
Entstehungsgeschichte aufzeichnen.

Von Deyh´mon blieb nur noch ungefähr ein
Viertel seiner Größe, und er wurde zum Mond
von Tha´rh.

Tha´rh wuchs, im Laufe der Jahrmillionen zu
einem stattlichen Planeten heran.

Aufgrund des hohen Wasseraufkommens,
entstand im Laufe der Jahrmillionen eine
Atmosphere.

Die Kapsel hielt weitaus länger durch,
als seine konzipierte Lebensdauer.

Doch irgendwann fingen seine Komponenten
an sich zu degenerieren.

Sensoren erkannten das, und die Kapsel warf sein wertvolles Material ab, und zerstörte sich anschließend selbst.

NACHGESCHICHTE:

Dann hörte Brat'thek Bharr auf zu erzählen.

Sybil:" das ist unglaublich, es ist die
Geschichte unseres Planeten und von
unserem Mond.

Die Außerirdischen waren unsere Nachbarn".

Matt:"wisst ihr was das heißt, die Fundamente
unserer Geschichte sind auf den Kopf gestellt,
sogar die Fundamente des ganzen
Sonnensystems".

Ryan:"wie sollen wir das alles der Welt
übermitteln, wo sollen wir anfangen,
die werden uns für Verrückte halten.

Ich kann das immer noch nicht begreifen".

Rhinan:"Meister Bharr, wenn diese
Geschichte bekannt wird, werden sie und ihre
Ahnen die größte Legende des Planeten, aller
Zeiten.

Sie werden mit Ehrungen überhäuft werden
Überall wird man ihnen Denkmäler errichten".

Doch Brat´thek Bharr antwortete nicht.

Rhinan:"Meister Bharr, was haben sie, geht es
ihnen gut".

Als Rhinan zu Brat´thek Bharr ging, schien er
zu schlafen.

Doch als er seine Stirn berührte und seinen
Puls fühlte, brach es ihm sein Herz:"
er ist tot.

Er hat uns mit seiner letzten Kraft das Wesen
und die Seele einer verloren gegangenen
Kultur überreicht.

Vielleicht stammen wir Menschen ja sogar von
dieser Moo´th-Zivilisation, von unserem Mond
ab".

Die anderen waren bestürzt, und in eine tiefe
Trauer eingetaucht. Sybil kamen die Tränen.

Mit seinen letzten Worten verabschiedete sich
Brat´thek Bharr von dieser Welt.

Matt, Ryan, Sybil und Rhinan beerdigten ihn,
in seiner Höhle, ehrwürdig unter Steinplatten.
Sie beteten für seine Seele und die seiner
Vorfahren.

Wie Meister Bharr das wollte, verbreiteten sie die Geschichte übers Internet und alle Medien, und hofften das sich die Menschheit, tatsächlich besinnt und endlich zur Vernunft kommt.